KB122955

겨울이 복도처럼 길어서

b판시선 52

이기린 시집

겨울이 복도처럼 길어서

도서출판 b

　학기를 마치고 수강생들은 여행을 떠나거나 짐을 꾸려 본국으로 돌아갔다. 무엇을 계획해야 할까. 머릿속으로 노크를 반복했다. 복도 끝에서 류바가 이쪽으로 다가오고 있었다. 얼어붙은 나에게 그녀가 물었다.

　"도움이 필요한가요?"

| 차 례 |

제1부

어학원에 다녔어요

발걸음이 빨라질 것 같아
배낭을 메고 다녔어요
약속하고 만나는 법을 익혀야 했어요

문장은 열차 소리를 내며 귓속을 지나쳐버리고
발밑에서 부르는 소리
뒤집는 법도 모르는 돌멩이, 돌멩이야

스위치를 켜면 빛은 식어버리고
바닥에 쪼그려 앉으면
목에서 바람 새는 소리가 났어요
나는 내가 무서워

식탁 위에
의자를,
그 위에 나를,
양초처럼 올려놓았죠

식탁과 의자와 나는 배경을 옮기며
전구를 하나씩 갈아 끼웠죠

눈이 부셔
누군가 영영 나가버렸으니
누군가 방금 들어온 거야
혀를 내밀어 오늘도 한 숟가락
차가운 창과 대화해요

목소리가 새어 나오는 배낭이 하나
어학원에 다녔어요
별들은 순서 없이 꺼지곤 하지만
돌멩이에게 속삭여요
사랑한다, 이 문장은 스스로 떠돌이가 되었죠

어학원에 다니면
완성할 수 없는 문장이 하나씩 생겨나지요

두 나와 창窓

흔들리는 감정을 자랑하고 싶어
손바닥은 손바닥과 만난다

하나는 두 팔의 길이와 팔 사이 각도를
재고 또 잰다
하나, 둘,
앞을 따라
앞의 앞을 따라
걷는다

하나의 민낯은 굳어 창백해진다

모퉁이에서 두 나는 숨을 몰아쉰다

기다란 목선이 붉다 푸르다
푸르다 붉다
하나는 새
두 나는 잎

두 나는 왼쪽 뺨을 늘여 너머로 보낸다
하나의 접힌 오른쪽 뺨이 돋는다

하나는 잎
두 나는 새
빗줄기가 퍼붓는 동안
빗줄기를 받아낼게

하나와 두 나는 그림자를 맞대고
마르기를 기다린다
헤어지기를 기다린다

보라 행성

보라의 눈을 틔워 보리
두 손을 모으고 나는 기다린다

노래는 바람이 되어
보라 꽃대를 밀어 올리겠지
보라 숨결 ······

발밑이 움푹움푹 주저앉는 것도 모르고
보라에 몰두한다
다른 일은 모두 잊어버리는 순간에 사로잡힌다

보라의 눈은 깊은 바다를 빨아들인 것 같다
곁에 있으면서도 만져지지 않아

산맥을 지나
사막을 지나
무쇠의 들판을 지나

그 이후는 회오리바람의 영역
보라와 나는 원을 그리며 춤추다가 ……
번쩍 부딪친다

섬광과 함께 산산이 부서져버린다

코끼리 사람
— 무릎에서

밤에서 짙은 밤으로 가는 길
떨어지는 얼굴을 받쳐주며
그가 말을 걸었지
일어서지 않아도 돼

익숙함은 어디서 오는가?
둘밖에 없군
우리, 부르는 순간
두 팔에 꼭 안기는 코끼리 사람

나는 이야기를 꺼내기 시작했어
그의 주름진 눈가를 닦아주었어

멈추지 마,
코끼리 사람에게만 터트리는 목소리
멈추지 마,
코끼리 사람만 귀 기울였지

내 눈은 시고 단단해

그러나 눈으로는 보일 수 없어

마당에는 돌멩이 가득

돌멩이들은 눈부시게 달아오르다
밤이면 거뭇거뭇 젖었다
돌멩이를 반복해 바라보면
침묵에 대해서도 제자리에 대해서도 불안을 느낀다

나는 뒹구는 돌멩이들을 씻어 구워보려 했다

굳게 닫힌 땀구멍이 열리는 소리
살갗이 숨겨 둔 표정을 상상했다

돌멩이는 그러나 다시 돌멩이
새의 비늘 물고기 깃털이 튀어나오는
신비는 없었다
어떤 씨앗도 뿌리내리지 마라,
돌멩이마다 빗장뼈의 파편을 심어두었는지 모른다

잠들지 못하고
바람과 물기는 어디로 뿌리내리려 하나

돌멩이는 갈수록 선뜩한 빛을 띤다

보여줄까?
나는 창을 낸 점박이 얼굴을 손바닥에 올려놓는다
아니, 이것은 갉아 먹힌 나뭇잎
돌의 얼굴을 가진 푸석푸석한 나뭇잎
감긴 눈을 입술이라 부르는
내 하나의 마지막

부서지기 직전
나를 응시한다

입술에서 돌멩이가 쏟아지려 한다

한남동

걷다 보니 장례식장 앞이었지
담배를 한 개비 물고 불은 붙이지 않았을 거야
종이컵을 들고 있었을 거야

한남동은 처음이어서
오래 우려낸 국물이 당겼어

너는 모래내에 있는 설렁탕집을 알고 있다고 했지
모래 밑으로 숨어드는 내가 숨을 참다가,

언젠가 그 집을 찾아가 보자

한남동은 처음이어서
어떤 버튼을 눌러도 뿌연 국물을 쏟아낸다
모르는 언덕이 너무 많아
방향이 많아

육교가 우리를 내려다보았지

멈추어 있는데
차들이 먼지를 일으키며 지나가고
악수도 지나가고

계단을 많이 가진 한남동이야
종이컵은 희고 과묵하고 깊다
모래내에 국물맛이 심심한 설렁탕집이 하나 있어

나뭇잎 사이 언뜻언뜻 장면이 보였지

양들의 리듬

미루나무가 흔들리는 마을이다
양털이 모여 양을 만드는 하늘이다

한 가지 색을 키우는 구름 세 마리 구름 네 마리
몰고 가는 바람 한 줄기
남청색 파도에 몸을 흔들면 시원해질까
포말이 뛰노는, 머리 위의 바다

폭양에 코가 늘어나고 맥이 풀려도
바람을 몰고 가는 갈증

어떤 구름은 어떤 구름끼리 휴가를 보낸다
꼬리를 물고 이어진 길이 꼬리를 자르면
한 마리 얼굴이 뭉개진다

허공은 혼자 억센 풀을 키울 셈인가
풀잎에 베일 때마다 허공은 넓어지는가

나는 고개를 쳐들고
턱에서 눈동자까지
한 마리 양을 천천히 흐르게 한다

노을은 순간 멈춘다
그래서 눈을 감는다

양들이 고개를 숙이고 잿빛이 되는 동안

조금

창유리가 한 칸 물이 들었죠
얽힌 전선을 감고 뻗어가는 나팔꽃 귀
입술이 반쯤 열리는 노랫말을 원해요

스치듯 밀었을 뿐인데 퍼석,
넘어지는 화분
침묵에 익숙했던 흙가루가 바닥으로 흩어집니다
조금
조금
반짝입니다

글썽이는 걸까요
남쪽과 서쪽 사이
삐―걱 소리 내는 길

안심하는 계단
당분간 기적은 없을 겁니다

파편을 붙이고 있어요
만나본 적 없는 잎을 떠올리다
하루가 지나고
떨어지고 떨어지는 꿈을 꾸면
귀가 자랄까
손바닥이 귀를 막습니다

난간의 숨소리
ㅇ─ㅇ─ㅇ─ㅇ─ㅇ─
발끝이 닿지 않아
모형 시간 밖으로 노래를 보내주었죠

끝내 마주치지 못하는 잎이 있어
어떤 얼굴로 깨어날까
비스듬히 쌓아 올린
햇살은

나의 단면

너는 충성파니까

시간이 되자
그들은 내 등을 두고 나갔다
매웠다

파 하나
귓속말 하나

빗방울이 몰아친다
빗줄기가 내리친다

파의 팔을,
귀를,
토막,
내고,

푸르스름한,

거무스름한,
밤을,
뚫고,

뾰족한 눈빛이
자란다

십자드라이버의 방^房에서

입술은 붉다가 붉다가 푸르러
의심에 의심을 쌓는다

멋대로 흩어져 누워
어느 날은 궁금한 게 귀찮아
나를 구겨 던졌다
부스럭거리며
나를 다시 옮겼다

흐릿해서 이 거리는 어제보다 아름답게 보일까
창과 창을 잇는 너의 미간

긴장과 이완이 숨 나누는 계단에
첨탑에 걸린 빗방울에
나선의 무늬를 숨겨 두었니?

네거리 신호등처럼
입술을 허공에 매달고

두리번거리며 너를 유지할 거야

샛노란 꽃잎이 젖은 발을 맴돌다
내일은
뜻밖에
속삭여주겠지

너희의 밤

지금 어디야?
밤이야?
닿을 수 없도록 달아나는, 상상이야?

너희는 흩어진 모래알을 모으고 있었는데
모이고 있었구나.

물결이 밀려와.
있잖아, 있잖아.
불어나는 거품을 삼켰지.

너희는 한 줌 나의 너희를
파도의 입속에 뿌리고
희디흰 성곽을 쌓아

나의 너희가 부장품으로 받은 침묵.
처음부터 없던 나의 너희는
오래오래 말 걸고 싶어.

지금 어디야?

힐링캠프

손바닥이 가슴으로 모이지 않아
기쁨을 세우는 사람을 연습한다
단계별로 마음의 생김새를 껴안는 거죠

희망을 빈틈없이 메모한다
라벤더, 버가못, 캐모마일, 클라라세이지
중요한 것은 믿음
명랑의 최고조에 이를 때까지 나의 칭찬을 받는다

그리고 전에 없이 기쁜 사람이 된다
긍정적인 색을 먹고
집중력이 높아진다
머릿속을 깨끗하게 비우고 새 잠을 청한다

마지막 단계입니다
전신을 곧게 펴고 박수를 치세요
예측할 수 없는 마음의 바다를 건너는 겁니다
건너야 한다고 해서 건너고 싶다

보이지 않는 변화가 시작된 거죠
두 팔을 벌리세요
입술도 둥글게 벌어진다

그러나 놀란 민물고기 같은 내가
모르게 팔목 위로 솟구쳐
멈출 수 없는 내가
새로운 나의 품에서 밤새 새어 나와
다시 마음의 익숙한 생김새로 돌아오고 만다

힐링은 번갈아 문을 두드린다
괴롭지 않으십니까?
두렵지 않으십니까?

그래도 힘껏 발을 굴러야죠

웃어버렸습니다
파프리카와 케이퍼*의 중간에서 헤맸던 거죠
고추를 후추라고 설득하지는 않을래요
항해를 계속할 테니까요
캘리컷*에서 뜻밖에 양질의 무명을 발견했다는 기록을
읽었거든요

한곳을 유심히 바라봤어요
태어나 몇 번 거절을 해봤을까
검은 캡을 눌러쓴 사내가 케케묵은 물건처럼 좌판 앞에
앉아 있으면
분명 화요일 오후
그의 만물은 찻길의 먼지를 뒤집어쓰며
눈과 귀가 점점 밝아졌을 거예요

아메리카에서 밀려나게 된 포르투갈이 새 항로를 찾아
떠날 때
꼭 챙겼다는 비상약 하나

유럽인에게는 외면당했으나,
이 구절이 머릿속을 헤엄쳐 다녀요

.

.

거절을 받았거든요
거절은 모서리를 활짝 펴고 내 손바닥에 붙어 있습니다
위를 한 번 더 쳐다보게 됐죠
오그라드는 잎사귀 틈에 연둣빛 새잎을 꺼내든 나뭇가지

나뭇가지의 마음을
일용할 질문으로 남겨둡니다
체력을 기르겠습니다

* 케이퍼: 지중해 연안에서 자생하는 식물. 꽃봉오리는 향신료로 쓰인다.
* 캘리컷: 인도의 '코지코드'라는 도시의 옛 이름.

제2부

휴무 관찰일지

야외 활동을 되도록 자제해 주시기 바랍니다
기상캐스터는 반복해 당부한다

화분에 한쪽 귀를 대어보는 일요일
유리를 사이에 두고 전혀 다른 사건이 태어난다
씨앗은 나흘 만에 싹을 틔웠다

무릎을 굽혀 초록에 눈을 맞춘다
무릎에 너의 동작이 움튼다

나는 비로소 뿌리를 돌보게 된다
한파주의보를 뚫고 싹이 나왔어, 라는 말을 입속에 이틀쯤
넣어둘 수 있다

아직 문틈이 보이지 않는데요
차례를 기다리며 분주히 톱니를 마련하고 있습니다
나의 기상캐스터는 어느새 물관을 타고 내려가
떨리는 목소리로 전한다

해일이 휩쓸고 간 해변
남겨진 창가
휴일에는 네가 심어놓은 깊이가 자란다

손바닥을 세워 본다
너에게 굉장한 뉴스를 내보낼 것이다

환타의 트랙

병뚜껑을 따는 순간 불꽃이 터졌다
살얼음이 뺨에 반짝이는 밤
떨어져나온 병 하나를 품고 걸었지
오렌지 향기는 관자놀이에 퍼져

더 추워도 괜찮아,
하늘에 악수를 청했다

불타는 바통을 쥐여 주렴
메조소프라노,
따귀를 때리는 바람에 노래를 실어주렴

환타는 오렌지 향기를 흩뿌리네
운동장 한복판을 가로질러 달려가네

투명 산책

조팝꽃을 흔들며 그가 손짓한다
건너갈게

산란을 앞둔 잉어가 헤엄치면
수면은 밑바닥까지 흔들리겠습니다

햇살을 당겼다 되쏘면서
떠다니는 풀섬
풀빛에 찔려도 물방울은 깨지지 않겠습니다

꽃나무, 물고기, 흰 구름, 바람이
건너갈게

깨어나면
언제나 저편

열, 감기

세수를 한다

하얀 시트를 티슈 한 장처럼 걷어내고
얼굴은 싱싱하게 회복될 것 같아
말 없는 나무 탁자 위
빈 꽃병에도 물을 뿌려주고 싶다

나는 입김을 풀어 그의 목에 둘러주었다

끓는 이마였다가
눈매를 닮은 잎이었다가
멈춰 있는 손바닥
손바닥 하나가 눈에서 떨어지지 않아요

노을이 더 붉은 섬나라에서 마지막 웃음을 보았다
그는 뜨거운 손자국을 내 안주머니에 넣어주었다

만져도 묻어나지 않는 감촉

기침을 한다

세수를 한다

손 흔들지 않고 헤어지는 나라

겨울을 지나쳐버렸거든
비탈을 거슬러 가야 해
뒤따라온 마음이 앞질러 오르네

내 팔은 얼음 얼굴을 휘감고
혹한이 내려앉은 바닥에 붙잡혀 있어

얼굴 없는 한 사람이 허공을 저으며 스치네
비틀거리는 그의 걸음을 근심하다
바닥의 얼굴을 근심하다
겨울이 긴 나라의 중심까지 와버렸네

그날이었지
모두의 밤이었지
팔이 힘껏 그의 얼굴에 뛰어든 순간
흔들리다 뚝,
그리고 굴러가버렸지
순간에서 다시는 돌아오지 않을 방향으로

그때부터 달렸어, 달려야 했어
멈춰서도 달려야 할 이유가 있었지
회오리가 잦아들 때까지
사라진 팔을 문득 떠올릴 때까지

그는 언제부터 마음먹었을까
버려진 겨울의 낮과 밤을 얼굴 없이 지나칠 수 있을까

나는 겨울이 막 시작되는 쪽으로 걸어
지나간 마음이
미지가 되는 나라
입김이 파랗게 지워지는 그 나라에 한참 서 있을 거야

없는 의자

비틀거릴 때마다 그가 삼켰던 것이 쏟아졌다 그의 베이지색 셔츠는 흘러내리는 죽 같았다 의자에는 얼룩이 남아 있다

청색 셔츠를 입고 머리에 흰 띠를 두르고 있었다 나는 의자에서 일어나 악수를 청했다 그는 머리와 가슴이 다투는 중이라고 했다 머리와 가슴을 오가며 뛰는 중이라고 했다

짙은 풀빛의 얼굴을 하고 그는 의자에서 일어서다 주저앉았다 말을 건네지 못했다

그가 간신히 물었다 서로 무엇이었을까 벽도 그도 굳어서, 무엇이었을까 벽의 입장에서, 검은 덩어리 같은 그가, 내가

그는 기둥에 등을 기대고 있었다 숨이 잦아들기를 기다렸다 그의 손등에 내 손바닥을 얹었다 지느러미가 파닥거렸다

그의 소식이 문을 열고 들어온다

한 개의 의자에 번갈아 앉아 있거나 빈 의자를 곁에 세워두고, 서로 무엇이었을까 얼룩의 의자를 눕힌다

　몇 개의 색이 나를 통과하고 난 뒤 눈앞이 한동안 뿌옇게 되었다

　바람도 없는데 그림자가 흔들린다
　헤엄쳐 나간 물고기를 품던 자리였다

밤이라는 벌판에

오래전부터 입 없던 내가
창 하나 문 하나 세워진 방에 살고 있었지

흰 천을 두른 검은 솜이불을 덮고
나의 숨소리를 세는데
소년이 다급히 뛰어 들어왔어
벌판을 가로질러 왔을까

깃을 풀어 소년을 숨겨 주었지
뒤쫓던 발소리가 문 앞에서 멈췄지

아주 잠깐 오랜 시간이 흘러
어떤 내가
누워 있는 나의 얼굴을 지켜보다 사라지고
소년은 자라 청년이 되고
벌판의 유일한 주인이 되어

바람을 헤치고 달려오는 말의 거친 숨소리

풀 덮은 풀 덮인 벌판에

바람으로 눈가를 지우고

베란다에는 포개진 토기 화분이 셋
화분 셋이 기르는 그림자 하나
난간 끝에 맴돈다

그의 목소리는 갑자기 사라져버려
남겨진 가방을 흑단나무 침대 아래 놓아두었다

회랑처럼 이어진 밑줄과 멈춰버린 필적
그는 화초에 문을 내고 들어갔는가

침대 아래 먼지가 잔털처럼 돋을 때까지
나는 준비되지 않았다
손바닥에 무엇을 올려놓아야 할지 몰랐다

관음죽 사이 모르게 마디를 심은 사람
꽃차례가 풍성해서
손목이 뜨거워져서
엄마는 잘 지낼 수 없대요

엄마는 자주 깨어나요

가방은 햇살과 바람과 그림자를 받고
잠결에 어룽거리는 이파리가 있다

차창

유리에 바짝 붙어
빗방울을 순간에 삼키는 빗방울

미끄러진다 밀려간다

아주 가까이 보이는 건너편이 있다
물류창고 옆 나대지, 공업사, 담벼락과 백일홍, 불 꺼진
요양원
차창 가에서는 비 내리는 풍경을 보낼 수 있다

'유해화학물질'
화물차가 차창과 건너 사이에 쑥 끼어든다

펄쩍 뛰어내리는 빗방울
생각은 혼자 넘어지고 찢기고
내 얼굴은 걷어차인다
둘러보면 재빨리 고개를 돌려버리는
기다란 유리 상자 속

멈추면 깨어난 척 돌아보지 않고 나가는 거다,
이런 냄새는 나를 단련시킨다

대바늘이 내려와 박혀도
빗방울이야
무심히 바라보는 내 얼굴과 마주칠 때가 있다

실타래

가방은 어느 오후 샛노란 털실을 데리고 나갔다

흔들리는 나뭇가지를 보고 있으면
목덜미를 만지게 된다
창밖 구름을 손바닥으로 받치게 된다

덧니가 자라면 괜찮아질 거예요
가방은 검은 벨트를 노란 털실이라고 불렀다
벨트들을 모아 목에 두르며
너무 무겁군
가방이 말하고 가방이 끄덕였다

가방은 벨트를 집어넣어 더 수북한 실타래를 꺼냈다
털실은 꿈틀거리며 날다 허공에 머리를 박고 떨어졌다

보풀이 날리는 교실
상자는 리본을 만든다
상자가 떠난 자리에 리본이 놓여 있다

뱀이 허리를 들어 머리를 휘저으면
깊이를 헤아릴 수 없는 동굴의 입구가 되었다
가방이 사라져버린 뒤,

뱀의 시절

불가사리 팔을 몇 점 물어뜯어
오래 품고 있으면 밤이 비틀어진다

부러진 늑골
흩어진 비늘
한 땀씩 이어 어떤 무늬를 만들까

혀끝에서 불쑥 푸른 뿔이 솟아도
뿔이 무성한 깃털을 뿜어도
놀랍지 않아
나는 무엇이든 되어버리는 중이야

뛰어내릴까
도약이라고, 경련을 일으키지만
머리는 바닥에 붙어
끈끈하고 비릿하다 고요해지고 만다

고요는 한동안 머문다

그리고 한 물결이 밀려가는 것을 본다
고개를 드는데 나의 뺨이 추락한다

뺨을 문지르며 허물 벗는 뱀 이야기란다

라플레시아를 찾아서

　예능 프로그램 출연자는 고개를 디밀다가 바로 구토를 했다 카메라맨도 꽃술 냄새에 비틀거리며 헛구역질을 했다

　　식물원 그늘 어딘가 숨어 있다는 꽃
　　생식기 하나로 이루어진 꽃
　　내려다보면 크기가 대형 고무대야만 할 것이다

　　게이트 안으로 들어간다 식물원도 안내인도 다습하다 라플레시아는 굉장할 것이다

　　근처에 분명 피어 있었어요 그가 말을 마치자 땅거미가 깃든다 바람도 멈춘다 그에게는 만개했던 시절이 있다 나를 세워두고 다시 덤불 속으로 사라진다
　　식물원의 저녁은 전혀 다른 세계다 그가 돌아온다

　　저 소리 우리나라에도 있어요 한국어로 맴맴, 그는 숨을 몰아쉬며 *끄덕인다* 땀을 훔치며 *끄덕인다* *끄덕임이* 어둠과 섞인다

안내인과 나, 라플레시아를 찾아서 혼신을 다한다

일주일 뒤에 맴맴 사라져요 나는 사라져요
나는 식물원을 지키는 안내인에 대해 꼭 이야기할게요

쏘아보다

1

몸은 늘어지고 밤마다 혀끝이 탔다

(나는 내가 아닐 거야)
어느 밤 옷을 벗어두고
지붕 위로 올라갔다
살갗이 먹처럼 검고 딱딱해졌다

2

사방 막힌 어둠
씻어도 씻어도 비늘이 벗겨지지 않는다
출처를 알 수 없는 목소리
여긴 어디?

정면으로 말하고 싶었지만 입술이 굳어
는 ㄴ그ㄴ?

너잖아

팔과 다리가 생겨나 눈을 데리러 왔단다

(마주치지 말아야 해!)

    3
헝클어진 머리칼을 하고
비틀거리며 걸어오는
죽어가는 아이 같은 살아 돌아온 아이 같은 도무지 아이는
아닌 것 같은
한 아이는 두 아이, 두 아이는 네 아이, 모퉁이마다 튀어나
오는
그게 나, 나?

    4
사랑해
눈 없는 아이 하나가 일어난다

귀를 막았다

맥박 소리가 귓속을 울리며 올라왔다
첫 외침이 터졌다

다가오지 마!

　5
검은 들판이 흔들렸다
풀잎에서 태어난 눈동자들이 밤새 흘러

반짝이는 풀빛이
반짝이는 풀빛의 몸을 파고들어

사랑해, 사랑해
허물이 뒤엉켜 우는 소리
바람이 불었다

　6
피할 수 없었다

어둠 속에서 눈을 찔렸다

어둠이 말했다
반복될 거야
아무는 순간 일그러지고
일그러지면 다시 차오르는 네 얼굴을 지켜보게 될 거야

한쪽 눈을 가리고 정면을 쏘아보았다
검은 살가죽에서 손톱만 한 빛이 새어 나왔다

칼날

칼을 그려 넣었구나

제 눈인데요

잘리고 저며지고 다져져
눈앞이 까끌까끌해진다
칼날을 씻으면 매운 눈을 말갛게 헹군 느낌

멜론이나 하모니카가 아니군
팔을 등 뒤로 거두는 사람
반복되지만 새롭게
나의 칼은 패배한다

칼끝으로 가슴을 쓱,
긋자마자 스스로 동강이 난다

깜박거리며 칼날을 감춘다

제3부

지네 숲

지네

거울은 흔적을 깨끗이 지우고
비어버려라
다른 형상이 될 거야,
다른 곳에서

허물을 씹어
뼈대를 만들고
바람 소리 빗소리를 발끝에 매달아
벽을 기어오르려 했다

여자

떨어져 나오려는지
움켜쥐려는지

축잠

축드

한는

창숲

금깨

이어

간나

창는

밀숲

봉잠

된못

창이

터루

지는

는숲

창절

위룩

에이

창는

베란다 밖으로 팔과 다리가 펄럭인다

울음

어둠은 쇳가루 냄새를 끌고 왔다

깨물어보는 거야
만나지 못한 감각과 부딪쳐보는 거야

감전된 것처럼
혀끝이 닿는 순간 여자는 움찔 몸을 떨었다
녹아내리기 시작했다

지네 여자

여자는 멈춰 숨을 고른다
종아리는 하얗고 하얘서

지네의 등껍질은 빨갛고 빨개서
눈길이 닿는 순간 고개를 돌리게 된다
지네 여자를 앞지르게 된다
서른여덟 개 다리가 제각기 꿈틀거리며
지하 계단을 오른다

문법 강사

그는 예고 없이 결근하곤 했는데
이유는 매번 같았다
거대한 자석이 몸을 끌어당겨
문밖으로 한 걸음도 나올 수 없다,
지면과 신체의 상호작용에
자신은 다만 순응할 뿐이라고 했다
같은 말이 반복되는 동안 그의 수강생은 점점 줄었다

지구 중심이 왜 하필 그를 끌어당기는지
누구도 설명을 알아듣지 못했다
그가 누워 있을 동안
우리는 모여 앉아 거대한 괴물 자석을 상상해 그리거나
'끔찍하다'나 '공포스럽다'는 단어를 사전에서 찾아 조용
히 적어보기로 했다

누군가 떠듬떠듬 말하기 시작했다
우리는 틀린 문장을 바른 문장보다 쉽게 이해했다
강의실 안에 조류와 포유류와 파충류의 기이한 발성이

오갔다
　거대한 공기주머니가 들쭉날쭉 움직이는 기분에 대해
　몇은 고개를 저으며 경계했다

　학기가 끝날 무렵 강의실엔 서너 명만 남았다
　강사는 구강구조나 심폐구조에 어울리는
　음운과 어휘와 구문이 '따로' 존재한다고 비법을 전했다

　도저히 발음할 수 없겠어요
　너무 가팔라요
　나는 외치고 또 외쳤다
　공기주머니가 콧등까지 솟아오르도록
　그는 내 귀를 잡아당겼다
　문법 시간이 끝나면 다시 새로운 문법 시간

　기다란 쇠막대를 목젖까지 밀어 넣으며
　다시 녹여보렴
　암흑 바닥이 네 머리끝까지 끌어당기는 동안

버텨보는 거다,
귀를 막으면 목소리가 더 또렷해졌다

비명도 핏방울도 칠흑 같은 바닥으로 빨려 들어가고
내 혀는 겨우 뿌리만 남게 되었다

그때부터였다
몸에서 쇳물 끓는 소리가 나면
힘을 빼고 가만히 누워
말랑말랑한 공기주머니가 팽팽해졌다가
비린 바람 소리로 쭈그러든 뒤에야 몸을 일으킬 수 있었다
혀뿌리에서 검붉은 지느러미가 솟았다

신입생이 오면 문법 강사에게 알 수 없는 생기가 돈다
그의 몸은 뜨거운 쇳가루로 되어 있다
나의 쇄골에 번뜩이기 시작한 비늘이 배꼽까지 번지고
있다

검은 개가죽 구두

날개 치는 소리가 점점 멀어졌다
육중한 철문이 혼자 열렸을까
구두 한 짝이 보이지 않았다
한 짝을 신고 집을 나섰다
발을 쳐다보는 사람은 없었다
마른 잎들이 구두코에 닿았다가 밟혀 부서지곤 했다

각막을 할퀴는 바람
새들의 비명 소리가 들렸다
검은 구두 한 짝이 나뭇가지에 앉아
거리를 쏘아보고 있었다

내려와, 발을 안아 주렴
구두는 곧 부러질 것 같은 가지 끝으로 옮겨 앉으며 말했다
말을 하는 검은 개야,
네 혓바닥에 부리를 내밀지 않을 거야

나는 그림자처럼 나무의 주변을 돌며 구두를 기다렸다

한 짝 구두가 내려오지 않아
한 짝 구두도 끝내 벗을 수 없었다

사람들이 손가락질을 하며 멀어졌다
기다란 다리와 다리 사이로
검은 개들의 무리가 지나가고 있었다
 거리는 점점 조용해져 가로수 휜 뼈만 검은 넝마를 달고
흔들렸다
새의 흔적이 보이지 않았다

말을 할 수 없는 한 짝 구두와 나는 집으로 돌아왔다
구두는 발을 빠져나와
지친 껍질처럼 누웠다
비쩍 마른 내 손이 먼지를 뒤집어쓴 내 얼굴을 씻겨 주었다
밤이 되었다
천장을 향해 숨을 들이켜고 불을 껐다

축축한 혓바닥이 귓등으로 목덜미로 목덜미 아래로 길게

더 길게 미끄러져 흘렀다

나는 바스락거리는 소리를 움켜쥐었다

볼가

    털모자 쓴 할머니가 콜록, 길을 건너요. 아빠가 큰 개 옆으로 지나가요. 무서운 아저씨가 차에서 콜록, 내려요. 가죽옷을 입은 형이 두리번거려요.

    콜록콜록. 눈 내림.

    냉장고 문을 열자마자 검정콩처럼 떨어진다. 엄지 밑에서 부스러지는 바퀴벌레. 유리병 속 박하 냄새. 입속에 고이는 초록과 시럽.

    콜록콜록. 언제 이사를 가요?
뿌옇다. 수돗물도. 카펫도. 짐가방도. 커튼까지.

    여자의 청소기 돌리는 소리는 번역이 필요 없다. 볼가의 유일한 아침 방문객. 눈 쌓임.

    저기 또 털모자 쓴 할머니가, 콜록, AΠTEKA로 가는구나. 저긴 어디일까. 장바구니를 쥔 아저씨가 나오는구나. AΠ

TEKA에 드나드는 아진, 드바, 뜨리, 치뜨리 ······. 느리게
반복.

　저녁이면 그가 소식을 들고 오겠지.
　우리는 비로소 기침을 멈추고
　가슴을 쓸어내리겠지.

위문

머리숱이 적고 누런 양복은 헐렁했다 나와 식을 올린다는 말만 남기고 그는 차에서 내렸다 뒤쫓아 가려는데 다리를 움직일 수 없었다 꼼짝없이 묶여버렸다

횡단보도 앞에서 플라스틱 경광봉을 흔들며 나를 제지하던 남자인가 손가락부터 내밀고 뛰어 들어왔던 엘리베이터 속 남자인가 바코드스캐너를 쥐고 안경 너머 빤히 쳐다보던 편의점 남자인가 눈앞 이 남자인가 딱 한 번 마주친 그를 찾아 헤매다

내가 결혼한 사실을 깨달았다 가족들 얼굴도 선명히 떠올랐다 그에게도 지금쯤 다른 기억과 다른 결혼과 다른 가족이 생겼을까

나는 여기저기서 몇 번 결혼했다 붙박이 벽 뒤편에 그들은 띄엄띄엄 산다 나는 베란다 창을 열고 또 열고 나는 맨손으로 암벽을 오르고 나는 몇 번씩 뛰어내려도 피 흐르지 않고 나는 물끄러미 나를 마주 보고 나는 주먹으로 종아리를

두드리고 가슴을 두드리고 나는 아이보다 작아져 작은 입
밖으로 소리치다 소리가 뛰어나가기 전,

　그들은 사라진다

　기억할 수 없는 표지판을 지나는 동안 어떤 나는 모르는
남자를 차려입고 나를 맞으러 왔을까
　수줍은 돌멩이 하나 백합처럼 내미는 그와 마주친다면

　말을 잃고 걸음을 멈추겠지
　등뼈와 목뼈가 굽은 방향을 따라 그는, 나는 걸어가고
있겠지

기억의 딸

기억의 딸은 붉어져서
허공을 후려치듯 열변을 토한다
그해 봄은 복원되고
새 정신으로 평가되었지만
기억에 잠시 들렀을 뿐 나는 무관하게 살았다

오래전 익힌 표준어로 고백한다
명단에는 있었지만 회원의 마음은 아니었어
밤의 도로 한가운데에 누워 있던 나는
사라져버렸어

강의실보다 거리로 더 많이 출석한 기억의 딸은
그들이 햇빛 아래 활보하는 이 나라를,
추방해버리고 바다를 건넜다
그립고도 무거운 마음의 천년이라고 했다

시대의 새 구호가 기억의 딸에게서 터져 나온다
나에게는 쉽게 짓무른 양파 냄새가 난다

휴교령이 끝나고
기억은 우리의 숙소로 남았다
방수포를 씌운 덩어리, 봄의 냄새를 외치며
기억의 딸은 스크럼을 짜고 그때처럼 선창을 한다

그해 봄 학교는 진압군의 숙소가 되었다
책상 속에는 사병의 구호가 한 줄 적혀 있었다
왜 이제야 떠올랐을까
'집에–가고–싶어'

그해 긴 열흘 동안
소총을 메지 않았어도 돌멩이를 들지 않았어도
귀가하지 못한 딸들의 기억은
공유되지 못하고
나는 어느 밤 짓무른 양파 냄새에 감금되고

유리 같은 사람

여긴 우리 같은 사람이 많아,
이 말이 생겨나는 곳에서 너는 기다린다
나는 그늘 빛 의자에 앉아
흔들리는 잎보다 가벼운 숨소리를 귀에 담는다

오래전 내가 나를 비집고 들어와,
그런 너의 머릿속에서 나는 하루씩 지워지는 사람
너는 손목을 붙들고
들썩이다 순간 고요해지고 숨을 헐떡이고 죽은 듯 잠들고
비바람에 무섭게 찢기고 아직도 외쳐댄다
숨어, 뛰어,
너는 어둠을 향해 싹싹 빌며 나뭇잎으로 살았다

제자리에서 되새김을 반복하는 나무들
씹고 삼키는 소리가 새어 나오지 않는다

폭풍이 몇 차례 지나는 동안
보이지 않는 새의 울음을 듣는 일이란

입속에서 한 나무의 기척이 돋는 일이란

살아남은 사람은
이야기가 멈출 때까지 살아내야 하는 사람

나뭇잎들은 무한 허공을 찌르며 노래한다
멈추지 않는 초록을 펼치고 싶었나

새의 뼛조각들이 모여 섬을 이루는 곳
익명의 물방울들이 깨어나는 곳
너는 가느다란 다리를 하고 새 나무로 옮겨가는 중인가

부서지는 동안에도 등뼈가 뒤척인다
반짝이는 유리, 우리 같은 사람

그리고 남은 것

직진해야 해
1번 버스가 도착하는 가장 먼 곳으로
다른 방법은 몰라

버스는 달리네
오후 두 시의 긴 터널을 간선도로를 휘어진 숲길을

고니들이 놀라 일제히 경적 소리를 내네
심장이 갈라져,
솟구치는 낮과 밤, 두 피가 마주쳐 멈춰버리기 전

달려야 해
달려도 달라지지 않는 창밖을 지우러
오후 두 시에서 가장 먼 다리를, 머릿속을 건너가야 해
버스의 텅 빈 내부가 멈출 때까지

그러나 다른 심장은 가질 수 없어
오후 두 시가 울려

울려
터지네

밤에서 밤으로

이렇게 혹독한 시간은 처음입니다
허락해 주시겠어요?
그의 코와 입술을 깨물어보려 했다
밤이 다 지나간다면

통증은 어떻게 왔는가
나의 횡격막이 내려가는 동시에 그의 횡격막이 올라가
숨이 가빠지면서 전이되었는가
떠올려 보는 것만으로 근황에 균열이 생기는가

함께 나아가야 합니다
색조를 감추며 밤은 다시 올 겁니다
팔을 어디에 걸쳐야 더 오래 매달릴 수 있는지 대책을
세우는,
밤은 계속 늘어난다

눈부신 돌기를 뿜는 태양의 밤
창백한 달빛의 밤

밤과 밤의 이 거리가 지속되는 동안
오늘도 피켓 곁에 꼿꼿하게 서 있는 사람이
화면에 갇혀 늙어간다
그는 지독한 신념에 감염되었을 것이다

언제부턴가 나는 남은 밤을 예측하지 않고
새날이 오면 무엇을 할지
고민하지 않게 되었다
창은 굳게 닫히고 노크에도 기척하지 않는다
이 밤을 뚫고 나아가야 할 요원들은 사라져버렸다

천 개 영지에서
새 유령들이 목숨을 걸고 싸우는 나의 실시간
내 밤의 코와 입술을 주관하려고 한다
살아 있나요 묻는다면
어떤 틈입자도 허락하고 싶지 않아요

냉장고와 세계 일주

반반 치킨을 갈라 먹으며
바다 건너 쪽에서 좋아하는 맛과 부위를
알아가는 동안 날이 바뀐다
어제 같은 오늘

기다리던 소식이 날아온다면 유람선을 꼭 태워줘

너는 최신형 냉장고를 고집하고
나무젓가락이 마지막 가슴 조각을 집어 올린다
문이 넷 달린 냉장고를 꼭 사렴

풀리지 않는 수식을 껴안고 겨울을 보내서
여름이 너무 빨리 지나가서
우리는 네 개의 벽과 싸우는 사마귀가 된다

내 만약의 세계는 은빛 바다를 냉장하고 있다
비바람에 우뚝한 바위산도 하나

상자를 내려놓고 후다닥 뛰는 소리로 오늘의 바깥이 일어
나면
바다에 좌표를 표시할 차례
끝없이 먹먹해지는 수평선
부디 꿈을,
이 말은 당분간 꺼내지 않기

냉장고는 덜커덕 멈추다 물 흐르는 소리를 내고
너의 잠에 폭우가 그치지 않는다

금빛 거미줄은 찢겨

제복을 갖춰 입으면
장딴지가 단단해질 거라고
너는 모자를 쓴 빡빡이들과
먼지를 일으키며 대열이 되었다
연병장을 가로질러 초소가 서 있었다

수신호를 따라 차들은 게이트를 빠져나가고
끝내 내려놓고 싶지 않다는 소지품만
내 손에 남았다

한 번도 멈춰본 적이 없는 곳에 서서
나는 빈속에 배도 고프지 않고
목도 마르지 않다
실오라기 햇빛이 심장을 뚫고 가나 봐

남방으로 북방으로 흘렀다
껴안고 우는 남자도 있었다

목뼈를 꼿꼿이 세운 청년들이 공중을 향해 함성을 내질렀
다

가지를 총, 총, 건너는 멧새와 함께
포옹은 흩어졌다

미션 임파서블

　일종의 눈치작전이죠 어떤 분이 다른 어떤 분께 드릴 선물입니다 센트럴 약국을 찾아요 외투와 털모자로 무장한 사람들이 인도에 길게 줄을 서고 있을 겁니다 요령껏 헤치고 밀쳐야죠 암기하세요 코가 떨어져 나갈 것 같아도 서두르지 말고 또박또박, 이게 포인트죠 약사가 눈을 손목시계 알처럼 치켜뜨고 쳐다보면 다시 혀를 천천히 굴리세요 에로~스 있어요? (검지로 반대쪽 손목을 가리키며) 동그란 시계 같은 것, 흥분시키는 것, 간단히 설명해요 뒤편 할머니가 뭐냐고 묻겠죠 반복하세요 덩치가 할머니보다 두 배 큰 남자가 그 뒤에서 또 묻나요? 약사처럼 눈에 힘을 주고 뒷사람에게 전달할 거예요 그래도 해결이 안 되면 줄을 빠져나와 호텔 약국으로 뛰어요 거긴 말이 좀 통해요 주사위처럼 생긴 곽을 내밀 거예요 30달러 넘게 부른다고요? 얕보인 거죠 왜 궁금한데요 전달에만 집중하세요 당신은 기밀과 성공 그 어느 쪽에도 확신이 없군요 에로~스를 사는 것과 작업 능률은 사실 상관이 없어요 가격, 효능, 모양, 사용법 같은 건 어디든 유통되잖아요 뛰어다니는 동안 희열을 느꼈나요? 어느 분의 에로~스를 찾아 돌진하던 입술과 혀를 매일같이 새로 재생할 수 있겠어요? 6번 배송 완료, 당신은 빙판에 불시착한 이방인이거나 무능한 유전자에서 헤어나지 못하는 엑스트라, 아웃입니다 왜 낙오자를 보면 한편에선 안도감이 찾아올까요 말라빠진 날개와 다리를 겨우 붙이고 뒤집힌 채 버둥거리는 곤충이 떠오를까요 으깨지는 소리에 쾌감을 느껴 본 적 있죠? 그 정도는 아닐 것 같아요? 당신 말예요 손가락이 스치기도 전에 반은 망가져버리죠 스스로를 냉정히 확인한다는 건 참으로 …… 그 정도까지 해두죠 거절당한 물건이 도처에 쌓여간다니까요 악취가 풍겨요 지구의 크나큰 위기라니까요

푸시업

아닙니다, 괜, 찮, 습니다

바닥에 손바닥을 맞대고 굽힌 팔을 일으킨다
턱을 끌어당긴다

도마뱀은 나를 정면으로 겨누어 본다

몸통이 배관처럼 길어졌군 너도 그랬군
능선을 만들어 넘어가려고 나도 그랬지

가슴과 어깨를 기른다
새로운 근성을 기다린다
폐에 가득 차오르는, 푸른 빛을 뿜는, 새벽으로 이어지는,

제4부

옥수수 겨울

이마가 뜨거워
옥수수는 울먹이며 창문을 두드렸죠

간유리에 커튼을 덧씌우고
줄기를 찾아볼래?
수염을 찾아볼래?
동족처럼 속삭여서
나란한 그의 앞니들과 인사를 나누었죠

키스했죠
수줍어서 키스인 줄 알았다죠
입술이 지워지도록—
(지워졌어요)
뺨은 뜯기고 턱뼈는 으스러지도록—
(으스러졌어요)

딱 하나 남겨진 낱알은 창을 열고 생각하다 …… 생각하
다 ……

두려운 생각을 밀쳐내곤 했답니다
그러던 어느 밤 담장을 넘었답니다

옥수수는 옥수수의 가계를 잊을까요
새로운 혈통으로 자라날까요

끓는 솥에서
옥―슈―슈―
옥―슈―슈―
뚜껑은 비명을 끌어 올립니다

옥수수는 옥수수를 초과하여 복무합니다
다시 옥수수의 계절입니다
다시 옥수수의 계절입니다

살펴보세요
겨울이 지날 무렵 그의 몸통의 반은
어느새 샛노란 옥수수가 되어 있답니다

옥수수 알몸에는 그의 어금니 자국이 빽빽하게 찍혀 있답
니다

이 다리와 저 가슴

다리와 가슴은 함께 산다.

오전 여덟 시부터 저녁까지 다리가 엘리베이터를 타고 오르내리는 동안 가슴은 신축건물 꼭대기 층 대형 유리문을 휙 가로지르거나 검은 전선에 모여든 건달패와 어울려 반나절을 깍깍거린다. 해가 질 무렵엔 맞은편 사무실 처마 아래서 혼자 손톱을 뜯어먹으며 다리의 퇴근을 기다린다.

다리는 며칠째 초과근무 중이다. 가끔 고개를 들어 가슴이 한눈파는 곳을 쳐다본다. 한숨을 쉰다. 기다리다 못한 가슴은 다리를 의자 등받이에서 떼어내려고 끼루룩 꼬르륵 소리 지른다. 가까스로 노트북을 덮은 다리는 불을 끄고 나오다 협력처의 부탁을 기억한다.

가슴은 무일푼으로 지내면서도 기분은 혼자 다 낸다. 밤마다 끙끙 뭔가 끼적거리지만 다리는 그의 앞날이 미심쩍고 딱하다. 그러나 발설하지 않는다. 망설인 끝에 가슴에게 오늘의 이야기를 꺼낸다.

가슴은 다리가 작품을 발표한다는 말을 듣고 적잖이 충격을 받는다. 가슴은 모름지기 상황에 휘둘리지 않고 자기 미래를 개척하는 타입이지. 의연한 척했지만 자기 영역이 점점 줄어드는 것 같고 다리가 자신을 무시할까 은근히 걱정되고 질투도 난다. 그러나 발설하지 않는다.

다리와 가슴은 소파에 나란히 앉아 흰 벽을 본다. 뚫어져라 쳐다본다. 침묵 끝에 다리가 말을 꺼낸다. 미안해. 이 말이 가슴을 벌떡 일어서게 만들고 뜻밖의 행동에 스스로 놀란 가슴은 딸꾹, 딸꾹질을 멈추지 못한다. 그때마다 무얼 삼키는 것 같다. 다리는 가슴의 움푹한 자리에 손을 얹으려다 가만히 내려놓는다.

둘은 함께 눕는 형식이 된다. 숨소리를 죽이는 형식이 된다. 다리가 말한다. 더부룩해. 피가 돌지 않아. 불안한 여행자가 되어줘. 가슴은 잠결인 척 이불귀를 잡아당긴다. 소리 없이 한 문장이 눈꺼풀에 걸터앉는다. 가슴은 눈을 뜰까 하다 한참 더 기다리기로 한다.

가지가 솟아나려고

운동장이 텅 비었다
남은 오후를 통째로 떠맡아 흙가루가 날린다

물방울 끓는 소리에
귀는 허기지지 않겠어

찻잔에 물을 붓는다
명세서에 목록과 숫자를 맞추고
오늘의 오류를 파쇄기에 처리할 일이 남았다

활자들은 칼날을 지나 활자를 벗어난다
흩어진다는 것을 단호히 보여준다

종이를 규격 봉투에 꾹꾹 밀어 넣고
여러 번 풀칠을 한다
유리문도 굳게 닫는다

이렇게 해도 저렇게 해도

빗소리가 쇄골 틈에 흰 이빨을 들이민다

옆집 남자

눈과 귀가 희미해 보이더라

왼손은 호주머니의 일부처럼 바지춤 아래 숨어 있었지

이쪽 문을 열면

저쪽 문을 급히 닫아버려

한밤에 슬리퍼 끄는 소리만 복도를 지나가곤 해

그의 얼굴은 말없이 내 어깨에 날아왔는데

옆집의 옆집 남자 콧등도 덧붙어 있었지

기다란 통로에서 마주친 순간

남자는 각피가 허옇게 일어난 발가락을 꼼지락거리며

봉투를 등 뒤로 감추더라

나도 벽을 향해 짐짓 고개를 돌렸지

물드는 저녁의 일이었지

우리는 동시에 문을 닫고 사라져버리는 이웃

옆집 남자, 그 옆집 남자는 같은 남자인가?

서늘한 한밤엔 벽을 타고 넘어와

베개 속에 안기는

귀뚜라미 울음소리를 내며 겨우 잠이 드는

옆집 남자들

어두워지는 대답

주말엔 주말다운 뒷모습을 남기려고
스틱을 들고 배낭을 메고
소매와 겨드랑이가 쓱쓱 스치는 소리
올라가고 내려오나요?
바람과 새와 야생화 홀씨를 담고 오나요?

귀를 반복해 씻어도 물소리가 들리지 않는다

이리로 가면 둘레길이 나와요?
묻지 마요
박스를 들고
박스를 내리며
수거함을 왕복하는 주민이에요
주말에도 주민이에요

불규칙한 밤의 흔적과
멈추지 않는 위엄에 관해서라면
팽팽한 봉지를 터트려 답할 수 있는데

지하에서 뿜어낸 열네 개 출구가 환해서
주말의 손발톱이 뜨거워지는지
관자놀이에 탄탄한 새 물이 차오르는지
나는 몰라요

새소리가 산다고 한다
바람 소리가 머문다고 한다

있지요,
수거되지 않는 파편이 흩어진
부스럭거리는 종이와 종이로 둘러싸인
소염제와 소화제로 연결된
납빛 둘레길

여기 있어요
멀리보다 멀리 떠나겠어요
한 손에 플라스틱류를, 한 손에 캔·고철류를 들고

대포항으로 오세요

대포항에 가기 전
대포항은 있었다
설악의 기슭 한적한 포구에서
사천 해안가 대포마을에서
우리는 갓 잡아 올린 전어의 살과 가시를 삼켰다
전어는 목젖을 넘어갔다

가까이 대포항이 있다
용문전통시장 골목
밤의 와자한 식당
전어의 기억이 목젖에서 멈춘다

설악 사천 용문시장 대포항에는 전어가 파닥거리고
머리부터 꼬리지느러미까지 다 먹어 치워도
끊임없이 붙잡혀

오지 않는 소식을 기다리러 오세요

대포항에 나타나지 않는 그는
다음에 온다
눈앞에 펼쳐지지 않는다
다음과 가을 전어는
매일 사라지면서 살아나면서
잔가시를 입술 속으로 밀어 넣는다

대포항으로 와요
은빛 전어를 먹다가 손바닥을 오물거려도
통증이 없는 그녀와 그녀가 있어요

끈질긴 전어와 다음이 수면 밖으로 솟구쳐 대포항은
여기저기 살아 있어요
눈동자에 석회를 바르고 찾아오세요

지원 센터

다녀왔습니다
한동안 얼얼하겠지요

센터에서 받은 대답이 이쪽 벽에서 저쪽 벽으로 건너갑니
다
방향이 좀 다르군요
귓속으로 흘러듭니다

불을 피워요

솟아나는 물방울을 데워
얼어붙은 발등에 부어주고 있어요
오래된 처방이죠

센터는 상기시켜요
광활한 수면과 눈부심을 동시에 내보이며
유감입니다

끓는 소리가 다하면
다음 기회와 내가 가까워집니다
더 어두워집니다

외뿔을 가진 그는
매끄러운 빙판의 가장자리를 지치지 않고 달리네요
그의 뿔은 어제보다 더 뾰족해졌을까요
밤은 무슨 모의를 꾸미는 걸까요

탁자가 있고 건너편이 있고 다음 기회의 의자에서
나는 차례를 기다립니다
얼굴을 가립니다

발굽 소리를 멈추고
그가 앞발을 번쩍 들어 내밀 것 같아
붙잡아 터트리고 싶은 마음,
유감입니다
손끝이 자꾸 가렵습니다

파라핀의 밤

— 금진

후투티 한 마리
스무 해 동안 만나지 못한 너에게 날아갈 거야
솔직히 털어놓을게
고비를 어떻게든 ……

가지를 단단히 움켜쥔 그 새를
알아봤구나
이야기도 함께 보낼게
아귀힘이 약했던 갈래머리
고개를 가로저은 적도 없었지
손가락에는 언제나 물감 냄새가 배어 있었지

　바람이 붓을 꺼내주었어 길을 그리면 마을이 하나 생겨
부어오르는 관절이라 부를까 몸을 담갔다 빼내며 파라핀
옷을 덧입었어 색을 만나고 싶어 파라핀 껍질 속에서만
뻗어가는 마음아 부리를 달아줄게 어깨와 깃털을 달아줄게
밤을 벗겨내야 했지

물감이 채 마르기 전 새의 혓소리가 새벽을 부르네 아이는
아이 밖으로 자라고 무늬는 흩어지네 애야, 잠을 흔들어주는
엄마 어귀에서 매일 기다렸나 눈 비비면 목련 날개 아래
번지는 냄새

　얼마나 가느다란 손가락이었는지 양초를 만들어 보여줄
까
　두 팔을 두 갈래로 잡아당기는 아침
　창문보다 큰 잠을 그리고 싶어

　시절을 한 점 날려 보내야 했어
　한 마리는 누구도 데려가지 않았거든

얏미

엎드려 반성하는 시간이네

얏미의 키는 내 어깨 아래까지만 자랐지
몸통보다 큰 생수통을
사흘마다 들어 올리는 장사
부지깽이 같은 다리가 지나가면
빗소리에 내려앉은 냄새가 흔적 없이 물러나고
대리석 바닥은 반들반들 빛을 냈네

얏미는 스스로를 얏미라고 불렀네
얏미는 청소를 마치고 시장에 가요
얏미는 하루 다섯 번 기도해요
얏미는 요리를 좋아해요

얏미라는 이름들이 한 몸에 모여 사는 것 같았네
나는 그의 부지런한 팔다리를 칭찬했네

얏미는 곧 결혼해요

얏미는 아이를 가졌어요
지빠귀의 발랄한 노래였지

얏미는 병원에 가야겠어요
그리고 핼쑥해져 돌아왔네 퉁퉁 부어 돌아왔네

얏미는 생수통을 들지 못하지만
기도는 멈추지 않았지
한국 남자도 인도네시아 남자도 없는 한낮에
나는 배꼽 밑을 쓰다듬으며
나도, 라고 말했네
얏미는 알 수 없는 표정으로 고개를 끄덕였을 뿐

어느 새벽 얏미는 잠옷 바람으로 뛰어나와
엄마, 엄마가!
울며 떠났네
열세 시간 버스를 타고 다섯 시간 배를 타고
눈만 더 커다래져 돌아왔네

나는 몰랐지
얏미는 장사가 아니라는 걸
그러나 우리는 닮은 이별을 나눠 가졌지
얏미는 포옹하며 기도 하나를 주고
어두운 방으로 들어갔네

머리가 무거워, 얏미
바닥으로 가라앉으면 또랑또랑한 목소리
코코넛을 신고 태평양 열도를 헤치고 친구에게 왔지요
이마에서 꼼지락거렸네
젖먹이의 발짓 같았네

얏미는 건강한 아이를 낳았을까
자바섬으로 떠나게 되면 얏미의 소식을 들려주세요

기우뚱한 몸이 쿵, 엎어지고 말았네
일어나요!

얏미는 솜씨 좋은 얏미 하나를 꺼내
찌그러진 이마를 다시 빚어주네

류바, 선생님

겨울이 복도처럼 길어서 류바*를 만나게 되었지

멋쟁이 아줌마 류바 총명한 아가씨 류바
고마워, 자작나무를 스치는 속삭임
읽을 줄 모르는 내게 타오르는 문장을 선물해주었지
뛰는 심장이었지

얼음 울음 눈보라
가지 끝에 나는 멈춰 있었네

류바는 겨울 유리를 건너와 내 눈을 닦아주었지
다갈색 머리칼이 환한 금빛으로 보였지

류바가 없었다면
눈꽃의 목소리도 얼어버리게 된다네
다시 만나면 말을 감춰야지
열 번은 머뭇거린 뒤 손바닥을 활짝 펼쳐 흔들래

류바와 류바와 류바 틈에서

선생님은 돌아본다 했지

먼저 알아볼 거야, 사라진 말을 찾아줄 거야

* 류바는 수진이나 은정이 같은 러시아 여자 이름이다. 모스크바에서 몇 번 겨울을
  나는 동안 고마운 류바와 류바와 류바를 만났다.

우하하 자카르타 파타고니아

왜 이 모양일까
우하하,
그는 목을 구부렸다 펴고
안경을 벗고 휴지로 눈을 닦아낸다

캐리어 두 개를 끌고 자카르타로 날아와
옆에서 자판을 두드리면서도
옆에 있는 건 아니다
처음엔 나에게 이야기하는 줄 알았다

스치기만 해도 어깨에서 물기가 만져진다
벌떡 일어나 비상구로 나가
캐리어와 함께 우하하 자카르타를 반복하면
그의 피부는 잠시 탄력을 회복하고 목뼈가 바로 선다

하루는 캐리어의 뻑뻑한 지퍼 사이로
우히히 소리가 들렸다고 한다
동료들은 등을 툭툭 치며 위로했다

갈수록 그의 안경알이 뿌옇게 흐려지거나 입술이 탁한 녹색으로 변했다

나는 캐리어 하나를 그에게 선물했다

그는 즉시 실천했다
입술 근육을 최대한 움직여 우하하 자카르타 파타고니아를 외쳤다
광대한 가슴이, 굳건한 골격근이, 야생초 향기가
목구멍으로 허파로 흘러들 것이었다
내가 자카르타역을 떠날 시간이다

캐리어를 바꿔 여행하는 동안
나이지리아 파타고니아 프리토리아 자카르타 탄자니아 보스니아 헤르체고비나
호흡은 길어지고 깊어지게 되었다

우하하, 그는 찾아가고 있을까

낡은 캐리어를 삼키는 물빛
가장 깊숙한 목소리를 띄워 보내겠다고 했지

우수아이아 시에라네바다

바다
글썽인다

한 그루
사이프러스, 에게

밤의 활주로

— 지혜

밤바람에서 안개 냄새가 난다
재가 되어 찾아왔지
제대로 불러본 적 없지만
새 입술을 그려 그의 하늘에 띄운다

밤의 활주로에서
한 아이를 꺼안고 있어요
길 잃은 머리칼에
열매의 마음을 빚어줘요
턱수염을 뻗어 내 등을 쓸어줘요

심장 속에서 되풀이되는 사람
울음을 입고 스미는 사람

그의 뭉툭한 엄지가 이마를 꾹,
누르고 날아간다

손바닥을 감추게 될 때

바람에 깍지를 끼고 싶은 오후
발끝까지 햇살을 마시고 파랗게 불어 보내는 오후
누가 지나갔나
뒤꿈치를 본 것 같아

바스락거리는 봉지, 벽을 밀치는 소리, 쇳조각이 바닥에
떨어지고, 귓가에 모터 돌아가는 소리가 멈추지 않는다
가려운 부위가 부푼다

그가 손끝으로 물방울을 뿌린다
그늘이 드리울 때
창을 끌어모아 내 심장을 덮어주었지
나는 귀를 갖게 되었지

마디와 마디를 잇고 싶어
어깨에 이름표를 달아주고 싶어
목소리가 줄기처럼 자라는 동안
보이지 않아도 표면을 거침없이 통과하는 것

침묵에서 도약하는 것
움직인다,

바닥에서 그가 솟으려 한다
순간 내 귀가 붉어진다

나보다 오래 울었던 너에게만

동그라미의 내부를 빈틈없이 칠하며
답은 미래가 될 거다,
이 말의 테두리 안에 서 있어야 안전하다는 믿음이 자랐지
나는 그 믿음의 경계에서 속삭이고 있어

지겨워,
창은 무게중심을 옮기며 계절을 한 칸씩 지워버린다
문제를 푸는 동안
한때의 굳은 주먹들이 활짝 펴져 낙하하기도 해

두렵지,
선명히 떠오르기 전 가라앉아버리는 것이
외치는 소리에 묻혀버리는 것이

흠씬 얻어맞은 뒤 진이 빠지는 새벽
기다란 네 목을 닦아주는 꿈
닦을수록 너는 흘러내리는 꿈
우리는 문제를 풀면서 오늘에게 문제를 내고 있었구나

옆자리를 하나씩 지우고 있었구나

이것 먹어
저것 먹어
색을 나눠주는, 어린 나무 이야기
손바닥 나뭇잎이 나뭇잎의 바깥을 위로하는 이야기
유리에 적어두고 갈게

손을 내려놓고 눈을 감아
눈을 감아

나는 눈썹 위로 날아올 거야
떠오를 거야

얼음 호수를 건너는 기린

나는 겨울 호수로 사바나를 옮겨 오거나
모카신을 만들어 신을 수 없다
다리를 번갈아 움직일 뿐
움츠러들어도 멈출 수 없을 뿐

설산 위를 떠가는 구름, 보이지 않고
몸을 휘감는 솜털도 나에겐 없다

기린, 눈을 입혀 줘
풀길의 바람과 연한 나뭇잎으로 지은 너의 눈
부피가 없어도 넘어서는 눈

끄덕이며 빙판을 톡톡 두드리며
너는 미풍처럼 가고 있어라

차이를 향유하는 시의 숨결

김지윤(문학평론가, 상명대 교수)

시時의 숨결

이기린의 시를 시간으로 표현한다면, 밤의 시간이다. 빛의 스펙트럼이 다양한 것처럼 어둠의 농담濃淡과 색채는 미세하게 다른 결을 갖는다. 어둑새벽이 찾아드는 어둠과 저녁 어스름, 한밤의 암흑은 모두 다르다. 별을 품고 있는 밤하늘, 달빛이 밝은 밤처럼 빛이 새어드는 어둠은 황혼이 깃드는 하늘, 아침놀 번져 드는 하늘가처럼 미묘한 차이를 보여준다.

아무것도 해명하지 않으면서 세계의 신비를 보여준다는 것이 무엇인지, 시인은 이해하고 있는 것처럼 보인다. 이기린의 새 시집 『겨울이 복도처럼 길어서』는 세상의 모든 것들이 어떻게 '자신이 다르다는 것을 인지하는 것의 기쁨',

니체가 말한 '차이의 향유la jouissance de la difference'를 느끼는지를 탐구하고 있다.

전작인 시집 『,에게』(포지션, 2017)에서 시인이 보여준 세계를 평론가 남승원은 "결손의 구조"로 분석했다. "의지는 사라지고 당위만 남아 하루하루 지속되는 우리의 일상 속으로 끝없는 질문들을 끌어들"이는 시라고 했다. 삶의 결핍을 발견하는 예민함이 전체를 상상하는 힘에서 나오고, 고정된 의미를 무너뜨리며 가능성을 창출한다는 것이다.

밤은 사실 결손의 시간이다. 일과가 끝나고 우리는 다 마치지 못한 일들, 이루지 못한 것들을 남긴 채로 밤을 맞이하곤 한다. 그 결손의 감각으로 인해 '내일'은 아름다우면서도 불우한 이름이 된다. 내일이 오늘보다 더 나을 것이라는 생각은 불확실한 기대를 바탕으로 자라난 확신 없는 소망에 지나지 않기 때문이다. 그래서 밤의 시간은 늘 여백을 안고 있으며, 그 빈자리에는 불안과 희망이 함께 자란다. 다음날이 도래한다는 것은 가능성이 열려 있음을 의미하기도 하지만 불확실함을 견뎌야 한다는 뜻이기도 하다. 밤은 '사이'의 시간이며 불완전하고 모자란 시간이다.

"밤에서 짙은 밤으로 가는 길"(「코끼리 사람 — 무릎에서」)과 같은 표현에서 밤의 미세한 차이를 시인이 감각하고 있다는 것을 알 수 있다. '밤'과 '짙은 밤'이 구분되는 것이다. 밤은 모든 사람에게 같은 느낌으로 다가오지 않으며, 어느 쪽이 어떤 비율과 농도로 희망과 불안을 느끼고 있는지는, 가까이에서 주의 깊게 그 차이를 살펴보아야만 알 수 있다. 가깝다는 것은 숨결이 닿는 거리다. 그 정도로 가까이 다가가야 누군가의 떨림과 눈빛의 흔들림까지 느낄 수 있는 거리가 된다.

「밤에서 밤으로」는 시인이 생각하는 이상적인 거리가 어느 정도인지 잘 보여준다. "그의 코와 입술을 깨물어보려 했다"는 표현에서 시적 화자와 대상의 거리가 얼굴이 맞닿을 정도로 가깝다는 것을 알게 된다. 그 정도로 근접해야 누군가의 통증을 이해할 수 있게 된다. 그렇게 가까운 거리에서야 "통증은 어떻게 왔는가"를 알 수 있고 "나의 횡격막이 내려가는 동시에 그의 횡격막이 올라가 / 숨이 가빠지면서 전이되"는 것을 느낄 수 있다. "밤에서 밤으로" 이동하며, "밤은 계속 늘어난다."

시인의 표현처럼 밤이 "혹독한 시간"이라 해도, 어둠이 다 같은 어둠이 아니고 밤도 다 같은 밤이 아니라는 사실을 이해할 때 밤은 더 이상 공허한 시간의 지속이 아니게 된다. 그것은 "눈부신 돌기를 뿜는 태양의 밤"이기도 하고, "창백한 달빛의 밤"이기도 하다. 이기린의 시는 밤의 숨결을 느끼려 한다. "살얼음이 뺨에 반짝이는 밤"(「환타의 트랙」)을 온전히 향유하려는 것이다. 밤의 온도와 향기는 충만한 시간 속에서만 누릴 수 있다. 무언가를 제대로 느끼기 위해서는 시간이 필요하기 때문이다. 빠르게 이동하는 기차 안에서 스쳐가는 풍경들을 '체험'하고 있다고 말할 수는 없다. 잠시 멈추어 어떤 곳에 머무르면서 무언가에 다가가 충분히 시간을 갖고 경험해야 우리에게 의미 있는 기억이 남을 수 있다.

철학자 한병철은 지금 우리의 시대가 텅 빈 시간 속에 방향성을 잃고 표류하고 있는 사람들의 시대라고 보았다. 디지털 미디어의 시간성은 사물에서 기억을 제거하고, 시간이 없는 비역사적 공간으로 우리를 옮겨놓는다. 이러한 탈시간화를 두고 그는 "불면의 밤"이라고 표현했다. 이는 새벽이 찾아올 기약이 없기 때문에 끝없이 공허하게 지속되는 불면이며 "끝날 가망도 없이 공허한 지속을 잊으려는 허망한 노력 속에서 늘어지는 고통스러운 시간들"[1]이다. 공허한 시간 속에서는 약속, 신의와 같은 시간적인 실천 양식이나 기억과 기대, 기다림처럼 시간의 각 지점들에 의미를 부여하는 행위가 사라진다.

이기린의 시가 자꾸 밤을 호명해오는 것에서, 공허한 밤을 다시 새벽의 기약이 있는 밤으로 바꾸어놓으려는 마음을 읽을 수 있다. "밤마다 끙끙 뭔가 끼적거리지만 다리는 그의 앞날이 미심쩍고 딱하다."(「이 다리와 저 가슴」)는 구절처럼 이는 어렵고 의심스러우며 힘든 일이다.

• • •

1. 한병철, 『시간의 향기』, 문학과지성사, 2013, 28쪽.

「쏘아보다」에 나타나는 것은 변화하는 전신轉身의 밤이다. 아무 일도 발생하지 않는 공허한 시간이 아닌, 무언가가 일어날 것이라 기대하게 하는 생성의 시간으로서의 밤이다. 미래가 무의미해지는 탈역사화된 시간을 이 시의 화자는 "몸은 늘어지고 밤마다 혀끝이 탔다"라고 회상한다. 아무 일도 일어나지 않는다면 새로움은 출현하지 않는다. 권태를 깨뜨리기 위해 시적 화자는 "나는 내가 아닐 거야"라고 상상해본다. 그러던 어느 밤, "옷을 벗어두고 / 지붕 위로 올라갔"던 그는 "살갗이 먹처럼 검고 딱딱해졌다." 지붕 위로 올라가 머리 위로 펼쳐진 광활한 밤하늘을 향해 손 뻗어 그 자신이 깊은 밤의 일부가 된 것이다. "사방 막힌 어둠 / 씻어도 씻어도 비늘이 벗겨지지 않는다"라고 말하는 그는 이미 어둠에 물들어 다른 존재가 되었다. 존재가 변화할 때 세상은 다르게 인식되고 질문이 시작된다. 그래서 시 속에는 "여긴 어디?"와 "넌 누구니?"라는 질문이 던져진다. 물론 "정면으로 말하고 싶었지만 입술이 굳어 / 는 느그느?"라고 말하는 것이 고작이더라도, '너잖아'라는 대답을 듣고도 그는 의심한다. "그게 나, 나?"라면서. 고정된 의미를 끝없이 의심할 때 새로운 해석들이 생성될 수 있기 때문이다. 세상은 알 수 없는 것으로 가득하고, 완전한 해명은 불가능하다는 것을 받아들여야 무수한 해석을 향해 열려 있을 수 있게 된다.

기억은 사실 해석의 행위다. 우리가 기억이라고 부르는 것들은 매우 복잡하며 중층적이다. 기억은 시간을 담고 있으며, 그 시간이 포개질 때 기억 또한 겹쳐진다. 수많은 사람이 무리 지어 사는 것이 '사회'인 것처럼 무수한 기억의 파편들이 모여들어 공통의 시간을 형성했을 때 그것은 공동 기억이 된다. 그러나 기억 속에 흩어지듯 모여 있는, 셀 수 없이 많은 복수의 요체들은 단일한 '중심'을 놓고 그 속에 포섭되는 것이 아니라 겹쳐지면서도 서로 다른 리듬으로 움직이며 일부 접점을 남겨놓고 비산飛散되기도 한다.

「쏘아보다」에서 "반복될 거야/아무는 순간 일그러지고 /일그러지면 다시 차오르는 네 얼굴을 지켜보게 될 거야'라는 예언은 인상적이다. '불면의 밤', 공허한 시간이 끝나고 어둠 속에 흘러드는 여명과 같은 희망을 '반복'과 무수한 '차이'들 속에서 찾는 것이다. "한쪽 눈을 가리고 정면을 쏘아보았다/검은 살가죽에서 손톱만 한 빛이 새어 나왔다." 라고 시인은 쓰고 있다. 그 희박한 빛 한 줄기를 위해 한 줄의 시는 쓰여진다.

무수히 많은 다른 결을 가진 기억들은, 흩어져 있으면서도 때로 접점을 만든다. 그것은 하나의 '공식 시간' 속에 무수한 이들의 다른 시간을 포획해버리는 것이 아니다. 하나의 단일한 흐름을 설정해놓고 거기에서 벗어나는 것은 가지치기하듯 제거해버리는 것이 아니라, 우연한 지점에서 만나거나 갈라지며 중심에서 벗어나는 기억이다. 이 공동기억은 친밀한 사람들, 이웃들, 더 범위를 넓혀보면 동시대인들과 우리를 겹쳐주는 역할을 한다. "무심히 바라보는 내 얼굴과 마주칠 때"(「차창」) 그 얼굴은 내 얼굴이기도 하고, 다른 이의 얼굴과 닮아 있기도 하다.

　닮음과 다름은 나와 다른 존재들이 지속적으로 만나고 교차하고, 갈라지는 가운데 생겨난다. 그런 관점에서 보면 「뱀의 시절」은 흥미로운 시이다. 이 시에서 "나는 무엇이든 되어버리는 중"인데, '허물 벗는 뱀'처럼 계속 새로워지게 만드는 것이 바로 밤의 시간이다. 밤은 결핍으로 인해 기다림이 깊어지게 하는 숙성의 시간이며, "오래 품고 있으면 밤이 비틀어진다"는 것을 알고 있기 때문에 시적 화자는 오히려 더 오래 이 시간 속에 침잠해 있으려 한다. 마치 시인의 창작론을 보여주는 것처럼 느껴지는 이 시에서 시인은 "부러진 늑골 / 흩어진 비늘 / 한 땀씩 이어 어떤 무늬를 만들까" 고민하는 사람이다. 그가 만드는 '무늬'는 모두 몸의 일부이며 그것을 어떻게 조합하느냐에 따라 다른 생명체가 된다. "혀끝에서 불쑥 푸른 뿔이 솟아도 / 뿔이 무성한 깃털을 뿜어도 / 놀랍지 않"은 것이다. 시인은 "뺨을 문지르며 허물 벗는 뱀 이야기"를 들려준다. 어떤 존재의 변이變異에는 드라마가 있다. 모든 드라마에는 이야기가 들어 있다. 한병철이 지적한 것처럼, 중심도 방향성도 없는 데이터가 지배하는 원자화된 시간 속에 우리가 점점 더 길을 잃고 있다고 볼 때 '이야기'를 회복하는 것은 시간에 깊이와 폭과 흐름을 만드는 일이다. 언어의 파편들은 시인의 내부에서 '이야기'가 되기 위해 기다린다. 이야기를 노래하는 시인은 자신의 노래가 무르익기까지 기다린다. 그 기다림 동안 언어들은 고요 속에 잠겨 있다. 지금 이 시대에는 머무름이 없다. 산책자도 방랑자도 더 이상 여유와 사색을 갖지 못한다. 빠르게 쏟아지는 과잉된 데이터들 사이 황급하게 돌아다니는 수많은 헐떡거림과 의미를 만들지 못하는 숱한 스쳐 지나감이 있을 뿐이다. 우리는 머물러야만 무언가와 진정으로 연결될 수 있다. 그래서 시인은 이 시에 이런 문장을 새겨놓았다. "고요는 한동안 머문다"라고. "밤바람에서 안개 냄새가 난다"(「밤의 활주로」)는 것을 알 수 있는 정도로 가까운 거리에서 시간의 숨결을 느끼며, 시인은 고요히 오래 머물러 있다.

시詩의 숨결

이 시집에서 '돌멩이'는 자주 등장하는 사물이다. 돌은 다양한 쓰임을 갖고 있다. 사람들은 돌멩이에 이름을 붙여 화강암, 석회암 등으로 구분하고, 돌멩이의 모양에서 다른 사물을 떠올려 보며 그것을 수집해 뜻깊은 이름을 붙이는 수석 채집도 한다. 어떤 돌멩이는 보석으로, 광물로, 건축자

재로 분류되어 다른 가치를 갖기도 하고 바위에 이름을 붙여 관광 명소로 만들기도 한다. 돌은 무심한 침묵 속에 그대로 존재하지만 거기에 이름과 쓰임새를 부여하는 것은 사람이다. 언어는 마치 돌멩이와 같이 그 자체로는 쓸모와 가치를 만들지 않는다. 그저 존재할 뿐인 언어들을 가져와 사람이 그것을 세공하거나 의미를 붙이는 것이다.

노자의 『도덕경』에 나오는 유명한 말인 "명가명 비상명 도가도 비상도名可名 非常名 道可道 非常道'는 "'도'를 '도'라 부르면 그것은 더 이상 '도'가 아니다. 무언가를 어떤 명칭으로 부르면 그것은 더 이상 '명名'이 아니다."라는 뜻을 가지고 있다. 우리가 '안다'라고 생각하는 것은 사실 고정된 것이 아니며 어떤 것을 명명하는 순간 그 존재는 규정된 의미를 바로 벗어날 수 있다.

뒤집는 법도 모르는 **돌멩이, 돌멩이**야 (…) **돌멩이**에게 속삭
여요 / 사랑한다, 이 문장은 스스로 떠돌이가 되었죠

−「어학원에 다녔어요」, 부분

나는 뒹구는 **돌멩이**들을 씻어 구워보려 했다 // 굳게 닫힌
땀구멍이 열리는 소리 / 살갗이 숨겨 둔 표정을 상상했다
// **돌멩이**는 그러나 다시 **돌멩이** / 새의 비늘 물고기 깃털이
튀어나오는 / 신비는 없었다

−「마당에는 돌멩이 가득」, 부분

수줍은 **돌멩이** 하나 백합처럼 내미는 그

−「위문」, 부분

이 시집에는 이처럼 많은 돌멩이의 비유가 등장한다. "뒤집는 법도 모르는" 돌멩이는 스스로 무언가 되려는 의지를 갖고 있지 않지만, 무엇이든 될 수 있다. 그런 돌멩이에게 시인은 사랑한다고 속삭인다. 사실 그 속삭임은 돌멩이에게가 닿을 수 없기 때문에 발화하는 순간 "문장은 스스로 떠돌이가 되"고 만다.

「마당에는 돌멩이 가득」에서 시적 화자는 돌멩이를 관찰한다. 그는 "돌멩이를 반복해 바라보면 / 침묵에 대해서도 제자리에 대해서도 불안을 느낀다"는 사실을 알게 된다.

불안은 어떤 존재의 생성과 변화를 위해 반드시 필요한 것이다. 돌멩이는 놓여 있는 자리가 불안정해지거나 누군가 그것을 굴리면 뒹굴기도 한다. 뒹구는 돌멩이를 보며 시인은 "굳게 닫힌 땀구멍이 열리는 소리 / 살갗이 숨겨 둔 표정을 상상"한다. 언어는 시인의 입을 거쳐 시어가 될 때 생명력을 갖게 된다. 그러나 뒹구는 돌이 실제로 살아 있는 것은 아니듯 언어도 실제 자유의지를 가진 것은 아니다. 그럼에도 움직이는 돌은 변화를 만든다. 뒹굴다 보면 돌은 날카로운 모서리가 둥글어지기도 하고, 부스러진 파편이 모래나 흙의 일부가 되고 다른 사물과 접촉하거나 충격을 주고, 파손하기도 한다. 가만히 있는 돌맹이조차도 끝없는 차이를 만든다는 사실을 시인은 깨닫는다. "눈부시게 달아오르다 / 밤이면 거뭇거뭇 젖"는 돌맹이는 시간에 따라 다른 온도를 갖고, 다른 그림자를 만든다. 그림자의 길이와 모양, 농도는 때와 장소, 빛에 따라 변한다. 존재가 계속 움직이고 변화하는 것처럼 그림자도 변하는 것이다. "하나와 두 나는 그림자를 맞대고 / 마르기를 기다린다 / 헤어지기를 기다린다"(「두 나와 창」)는 시 구절에서 비에 젖은 그림자들이 만나고, 헤어지는 것처럼 존재는 서로 겹쳐지기도, 엇갈리기도 한다.

돌맹이에 살아 있음을 부여하고, 돌맹이를 행위자로 만드는 것은 돌맹이를 바라보고 상상하고, 그것을 굴리는 시인 자신이다. 그러나 자신이 만드는 의미와 명명하는 이름 속에 존재를 가두어서는 안 된다는 사실을 그는 잘 알고 있다. "새의 비늘 물고기 깃털이 튀어나오는 / 신비"를 상상한다고 해도 그것은 돌맹이 자체의 본질과는 무관하다. 돌맹이에 아무리 많은 이름과 의미를 붙인다고 해도 "돌맹이는 그러나 다시 돌맹이"인 것이다.

그 사실을 이해해야 비로소 시는 자신만의 숨결을 갖게 된다. 무수한 해석을 향해 열려 있으면서, 특정한 해석에 갇히거나 포획되지 않고 자신의 방식으로 숨 쉬며 세상을

호흡할 수 있게 된다. "어떤 씨앗도 뿌리내리지 마라"라고
말할 수 있게 된다.

> 아니, 이것은 갉아 먹힌 나뭇잎
> 돌의 얼굴을 가진 푸석푸석한 나뭇잎
> 감긴 눈을 입술이라 부르는
> 내 하나의 마지막
>
> 부서지기 직전
> 나를 응시한다
>
> 입술에서 돌멩이가 쏟아지려 한다
>
> —「마당에는 돌멩이 가득」, 부분

이제 돌의 형상에는 여러 다른 존재들의 모습이 겹쳐진다.
"갉아 먹힌 나뭇잎, 돌의 얼굴을 가진 푸석푸석한 나뭇잎"으
로 보이기도 한다. 고요에 잠겨 무수한 가능성을 품고 있는
존재가 된다. 고정된 의미가 없기 때문에 언제든 부서질
수 있고, "부서지기 직전 / 나를 응시한다." 시인은 짧은 순간
존재와 시선을 마주칠 뿐이다. 존재와 존재가 잠시 만나
얽히고 부딪치는 순간의 강렬한 굉음이 시인에게 시를 남긴
다. "입술에서 돌멩이가 쏟아지려"하는 것이다.

존재의 부딪침을 들을 수 있는 귀를 갖게 되면, 시인은 사물의 가장 깊은 곳에서 들려오는 소리도 인지할 수 있다. "난간의 숨소리 / ㅇ-ㅇ-ㅇ-ㅇ-ㅇ-"(「조금」)까지 들을 수 있는 것이다. 물론 존재와 교감할 수 있는 시간은 짧다. 오랜 기다림과 머무름 끝에 잠시, 아주 조금 엿볼 수 있는 존재의 빛은 찰나의 기억을 남기고 사라져버리곤 한다.

그 반짝임을 놓치지 않기 위해 그는 어둠 속에서 기다린다. 너무 밝은 곳에서는 오히려 희미한 빛을 알아볼 수 없다는 것을 그는 알고 있다. 하이데거가 말한 것처럼, 어떤 존재의 진리의 빛은 그 존재를 이해할 때 찾을 수 있으며, 경이로움 속에서 대상이 발산하는 존재의 빛을 발견하고 체험할 수 있게 된다. 이것이 가능하려면 어느 정도의 어둠이 반드시 필요하다. 그래서 시는 밤의 시간을 기다려 어둠을 향해 깃든다. "밤이 되었다 / 천장을 향해 숨을 들이켜고 불을 껐다"(「검은 개가죽 구두」)는 것이다. 그리고 "불규칙한 밤의 흔적"(「어두워지는 대답」)을 더듬어 찾는다. 점점 더 존재의 본질에 다가가게 되면서, 시인은 "다음 기회와 내가 가까워집니다 / 더 어두워집니다"(「지원센터」)라고 쓴다. 그는 어둠이 두렵지 않지만, 존재가 숨겨진 빛을 잠시 드러냈을 때 그 순간을 놓쳐버릴 것이 두렵다. 그래서 더 가까이 다가간다. 아주 조금이라고 해도, 반짝임을 볼 수 있기를 바라면서.

입술이 반쯤 열리는 노랫말을 원해요

스치듯 밀었을 뿐인데 퍼석,
넘어지는 화분
침묵에 익숙했던 흙가루가 바닥으로 흩어집니다
조금
조금
반짝입니다

—「조금」, 부분

"침묵에 익숙했던 흙가루가 바닥으로 흩어"지는 그 짧은
순간, "조금 / 조금 / 반짝입니다"라고 말할 수 있기 위해 시
인은 기다리고 있다. "입술이 반쯤 열리는 노랫말"을 얻을
수 있다면, 그것으로 충분한 것이다. 이 시집은 시인이 기다
려 찾은 무수한 존재의 빛에 대한 기록이다. 앞으로도 이
시인이 이루어갈 기다림의 미학이 기대된다.

ⓒ 이기린, 2022

겨울이 복도처럼 길어서

초판 1쇄 발행 2022년 09월 26일
　　 2쇄 발행 2023년 06월 10일

지은이 이기린
펴낸이 조기조

펴낸곳 도서출판 b
등　록 2003년 2월 24일 (제2006-000054호)
주　소 08772 서울시 관악구 난곡로 288 남진빌딩 302호
전　화 02-6293-7070(대) 팩시밀리 02-6293-8080
누리집 b-book.co.kr 전자우편 bbooks@naver.com

ISBN 979-11-89898-79-3　03810
값_12,000원

* 이 도서는 2020년도 한국문화예술위원회 아르코문학창작기금지원사업에
　선정되어 발간되었습니다.
* 이 책 내용의 일부 또는 전부를 재사용하려면 저작권자와 도서출판 b
　양측의 동의를 얻어야 합니다.
* 잘못된 책은 구입한 곳에서 교환해드립니다.